DEMAIN,
PEUT-ÊTRE…

Pascal NOWACKI

DEMAIN, PEUT-ÊTRE…

THÉÂTRE

Toute représentation de la pièce de théâtre,
faisant l'objet de la présente édition,
est soumise à la réglementation sur les droits d'auteur.

En conséquence, vous devez obligatoirement,
avant toute exploitation de ce texte,
obtenir l'accord de l'auteur ou de la SACD, qui gère ses droits.

© 2020, Pascal Nowacki

Édition : BoD – Books on Demand
12/14 rond-point des Champs-Élysées, 75008 Paris
Impression : BoD – Books on Demand, Norderstedt, Allemagne

ISBN : 9 782 322 207 299
Dépôt Légal : Mars 2020

Retrouver toute l'actualité de l'auteur sur
http://www.pascalnowacki.fr

Avant-propos :

Écrire pour le théâtre est une aventure singulière.

En plus d'être d'un niveau littéraire acceptable, le texte, une fois mis en bouche par le talent des comédiens, se doit de « passer la rampe ».

Et là, les surprises ne manquent pas.

Telle réplique qui sur le papier annonçait un effet attendu tombe lourdement alors que telle autre, moins prometteuse, prend tout son sens et justifie son existence in situ.

C'est alors un luxe incommensurable pour l'auteur d'avoir à sa disposition tout au long de la genèse de son œuvre une troupe de comédiens prête à tester, à disséquer, à triturer, à torturer chacune des phrases proposées.

C'est pourquoi, je tiens à remercier très chaleureusement, en les nommant, toute l'équipe qui a contribué à la création de ce spectacle.

Merci, donc, à Germaine BRUNIER, Sophie De LEENER, Patrick GIOVANNONI, Marie-Thérèse LACROIX, Séverine MASSON, Calixte VERHNES et Carole VESSERON.

A l'heure où certaines évidences semblent vouloir être remises en cause par un obscurantisme fanatique de mauvaise aloi il me paraît important de rappeler que les camps d'extermination nazis ont réellement existé et que des millions de personnes y sont mortes dans d'atroces conditions.

C'est à elles et, par extension, à toutes les victimes de la folie humaine que, bien humblement, je dédie ce texte.

Pascal NOWACKI

Caractéristiques

Genre : Drame.

Distribution : 7 personnages => 6 femmes et 1 homme.

Décor : Intérieur d'un baraquement en bois, sale et sans confort.

Costumes : Haillons pour les prisonnières et le fugitif. Tenue militaire pour la Walkyrie

Prologue :

On entend une musique jouée par un orchestre. Il s'agit d'un morceau léger et entraînant. Puis d'un coup, la musique fait place à des cris, des aboiements, des ordres en allemand.

Scène 1

Lumière « sale ». On découvre un intérieur fait de bric et de broc. Deux rangs de lits superposés, une armoire, quelques étagères et un poêle en fonte constituent les seuls éléments mobiliers. Une porte à gauche et une fenêtre au centre. Des femmes, habillées de haillons auxquels on a voulu donner une apparence de costume, entrent. Elles semblent exténuées. Quelques-unes portent un instrument de musique (Violon, cymbales, clarinette, etc....).

Angèle : Enfin, à l'abri !

Jeanne : Dépêchez-vous ! Et fermez-moi cette foutue porte.

Louise : Je ne sens plus mes pieds !

Angèle : Mon Dieu, qu'il fait froid !

Louise : Viens là, je vais te réchauffer !

Louise frotte énergiquement Angèle.

Angèle : C'est quand même ballot !

Rachel : Quoi ?

Angèle : Ce poêle ! On a un poêle, mais on a rien à mettre dedans.

Jeanne : Ouais, c'est la différence entre eux et nous.

Un temps

Louise : *(À Angèle)* Ça va mieux ?

Angèle : Oui, merci. *(Angèle et Louise inversent les rôles)* Fait vraiment froid !

Jeanne : En même temps, au mois de janvier, dans ce pays, on ne peut pas espérer beaucoup mieux !

Louise : C'est vrai aussi !

Rachel : 45 débute vraiment mal. Et ça ne va pas s'arranger !

Jeanne : Qu'est-ce que tu veux qu'il nous arrive de pire ?

Entrée de la Walkyrie dont l'élégance au regard du décor et des autres femmes a quelque chose de presque injurieux.

La Walkyrie : Bonjour mesdames.

Jeanne : Attention, garde à vous !

Les autres s'exécutent de mauvaise grâce.

La Walkyrie : Allons, allons, c'est inutile. Vous le savez bien.

Jeanne : Nous sommes prisonnières de guerre. Internées dans un pays ennemi…

La Walkyrie : Je ne suis pas un soldat. Vous non plus d'ailleurs… Je viens de recevoir un coup de téléphone de l'Obergruppenführer Von Krieger. Votre prestation l'a beaucoup amusé même si, selon lui, elle aurait pu être d'un tout autre niveau ; si l'on s'en réfère à vos pedigrees.

Jeanne : Nous sommes des musiciennes classiques. Le répertoire de bal musette qui nous a été demandé aujourd'hui n'est pas…

La Walkyrie : Vous m'avez déçue, mesdames. Je pensais que vous me seriez plus reconnaissantes de vous avoir épargné les travaux les plus durs. Lorsque j'ai appris que vous faisiez partie de ce convoi, j'ai tout de suite alerté Von Krieger et lui ai soumis cette idée… d'orchestre. « Prenez les meilleures musiciennes présentes et formez un ensemble de qualité » Les ordres étaient simples « Les meilleures musiciennes présentes ». Je connaissais déjà chacune d'entre vous. *(A Louise et Angèle)* J'ai même assisté à votre concert, mesdames, à Genève en 1934. Un pur moment de bonheur.

Louise : Vous nous en voyez ravies… Cependant, nous ne sommes plus à Genève et on fait de notre mieux, ce sont les instruments qu'il faudrait pouvoir…

La Walkyrie : Taisez-vous ! Quand je pense à toutes celles qui voudraient être à votre place. Alors si jamais vous ne faites pas un effort… *(Elle s'approche d'une prisonnière nommée Rachel)* Croyez-moi, ne soyez pas si pressée de rejoindre votre fiancé… Votre tour viendra bien assez tôt. Demain, peut-être ?

Elle se dirige vers la sortie

Jeanne : Il nous faudrait une accordéoniste !

La Walkyrie s'arrête, se retourne et…

La Walkyrie : Des exigences ?

Jeanne : Comment voulez-vous que nous interprétions correctement du bal musette avec des clarinettes et des violons ? Et vous connaissez comme moi, le penchant de l'Obergruppenführer pour le bal musette…

La Walkyrie : Ne vous y trompez pas, madame. l'Obergruppenführer est un homme raffiné et cultivé. Il sait goûter et apprécier à sa juste valeur un concerto. Cependant, il trouve récréatif d'accueillir les nouveaux arrivants avec quelque chose, disons, de plus léger. Une accordéoniste, hein ? Je vais voir ce que je peux faire…

Elle sort. Les femmes brisent le rang. Celle nommée Rachel fond en larmes. Louise va la réconforter.

Jeanne : Récréatif ! Salope, va !

Louise : Jeanne !

Rachel : C'est fini ! C'est fini !

Louise : Allons, Rachel, Tu es la meilleure clarinettiste que j'aie jamais rencontrée. Ils ont besoin de toi, ils ont besoin de nous toutes !

Rachel : Mais pourquoi nous ? Au nom de quoi aurais-je le droit de survivre ? Simplement parce que je sais jouer de la clarinette ? A deux pas d'ici nos sœurs meurent par dizaines, par centaines chaque jour. Tu as entendu la walkyrie, comme moi, demain, peut-être que ce sera notre tour.

Angèle : Allons, Rachel pas toi, c'est honteux de se laisser aller ainsi. Tu sais bien qu'ici, cela signifie la mort. Tu ne vas pas faiblir maintenant après avoir été si courageuse.

Jeanne : Dites les filles, quand vous aurez fini de philosopher, on pourra peut-être passer à autre chose ? *(Elle leur fait un signe de la tête pour désigner la fenêtre)*

Louise : *(En se dirigeant vers la fenêtre)* Je suis sûre qu'on va s'en sortir. Les Russes ne doivent plus être bien loin maintenant. Et puis, il y a aussi les résistants polonais. Qui sait si demain ils ne tenteront pas quelque chose pour nous sortir de là ?

Jeanne : *(Qui s'est dirigée vers la porte)* Avec l'arrivée des Russes, la résistance polonaise à certainement autre chose à foutre que de venir te délivrer, crois-moi !

Angèle : *(Après un signe de Jeanne et Louise pour signifier que la voie est libre, elle cherche quelque chose)* Alors quoi ? On va rester comme ça ? Et continuer à faire semblant de ne pas savoir jouer. Nous valons bien mieux que cela. Et pendant ce temps ils continuent à envoyer nos parents et nos amis à l'abattoir.

Jeanne : Je t'interdis de parler de cela. Quant à ces quelques fausses notes… je vous l'ai déjà dit, c'est notre manière de résister.

Louise : Angèle à raison. La musique ne nous a rien fait. C'est grâce à elle que nous sommes encore en vie… Nous devrions la remercier d'une autre façon… Je n'arrive pas à supporter l'idée qu'il faille mal jouer même si ce n'est pas la musique que je préfère…

Angèle : *(Faisant signe qu'elle n'a rien trouvé)* Moi non plus, je ne peux m'y résoudre… Et toi, Rachel ?

Rachel : *(Reprenant ce qu'il semble être la couture d'une robe)* Moi ? Je ne sais pas ! Je ne sais plus ! Je ferai comme vous déciderez !

Jeanne : De toute façon, la walkyrie ne nous laisse pas le choix. Il va nous falloir mieux jouer dorénavant.

Louise : Je préfère ça !

Angèle : Moi aussi !

Les bruits à l'extérieur se font plus présents. On entend un train arriver. Cela plonge chacune des prisonnières dans un profond silence. Soudain, la Walkyrie fait son apparition.

Jeanne : Garde à vous !

La Walkyrie : *(À Jeanne)* Voyez comme l'armée allemande est efficace. Vous souhaitiez un accordéon, n'est-ce pas ? Elle vous l'envoie aussitôt. Car ce serait bien le diable si nous ne trouvons pas une accordéoniste dans ce nouvel arrivage. Venez avec moi et allons voir ça de plus près… quant à vous autres, l'obergruppenführer souhaiterait que vous lui prépariez un petit florilège de musique parisienne pour ce soir. Tâchez d'être à la hauteur cette fois-ci ! *(À Jeanne)* Je vous en prie… *(Puis en sortant)* À ce soir !

Rachel : C'est fini ! C'est fini !

NOIR

Scène 2

Même décor, un peu plus tard. Toutes les femmes, sauf Jeanne toujours absente, sont affairées à des tâches quotidiennes. Entrée de Jeanne qui semble soucieuse, suivie de Mathilde tenant un accordéon, et, fermant la marche, la Walkyrie.

La Walkyrie : Regardez un peu ce que je vous amène là ! Vous vouliez une accordéoniste ? Vous avez une accordéoniste ; et avec son accordéon en plus !

Jeanne : Ça marche aussi avec une choucroute ?

La Walkyrie : *(Regarde en direction de Jeanne mais ne dit rien puis se met à rire)* Ah, ah, ah, ah, ah, Une choucroute ! Ah, ah, ah, Vous avez encore de l'humour ! C'est bien. L'humour rend léger et vous aurez besoin de légèreté pour votre concert de ce soir ! *(Elle se met à siffler un air parisien léger type : « J'ai deux amours » de Joséphine Baker puis s'arrête net)* Ah au fait, voici la liste des morceaux que vous devrez jouer. Comme d'habitude, vous devrez suivre l'ordre à la lettre. Je ne tolérerais pas une seule erreur. *(Elle reprend son sifflotement et elle sort)*

Jeanne : C'est toi l'erreur, salope !

Louise : Jeanne !

Pendant ce temps Mathilde n'a pas bougé. Elle semble indifférente à ce qui lui arrive jusqu'à ce qu'on lui adresse enfin la parole.

Louise : Bienvenue, moi c'est Louise.

Mathilde : Bonjour madame. Bonjour mesdames.

Angèle : Allons, allons, oublie les « madames » Ici on s'appelle par nos prénoms. Je m'appelle Angèle, et voici, Rachel, Louise donc et puis Jeanne.

Mathilde : Bonjour, bonjour, bonjour.

Un temps. Toutes la dévisagent.

Mathilde : *(Réalisant soudain ce que l'on attend d'elle)* Mathilde. Je m'appelle Mathilde.

Louise : Bienvenue au baraquement 27. Tu peux dire le 27, c'est plus court. Ta place, c'est celle-là, au-dessus de la mienne. Comme tu vois, le confort est sommaire. Pas de courrier, pas de colis, pas d'intimité…

Angèle : Pas d'hommes…

Jeanne : Excepté ces salauds de SS.

Mathilde : Depuis combien de temps êtes-vous là ?

Angèle : On dira plusieurs mois.

Jeanne : C'est ça, quand on aime on compte pas !

Mathilde : Où sommes-nous exactement ?

Jeanne : On t'a rien dit ?

Mathilde : Non.

Louise : On se trouve en Pologne.

Mathilde : Ah oui, ça je sais.

Louise : À Rajsko exactement. La journée on travaille dans une sorte de grande exploitation agricole et le soir…

Jeanne : Et le soir on divertit ces salauds en jouant de la musique qu'ils ne comprennent même pas ! Mais le pire, le pire c'est quand il leur prend l'envie de nous faire jouer pour les nouveaux…

Louise : Jeanne, elle vient d'arriver. On peut peut-être attendre un peu pour…

Jeanne : Autant la mettre au parfum tout de suite.

Mathilde : Quoi ? Qu'est-ce qu'il y a ? Qu'est-ce qu'il faut me dire tout de suite ?

Jeanne : Eh bien, comme tu nous vois là, on est toutes d'anciennes musiciennes de...

Louise : Je le suis toujours, Jeanne...

Rachel : Ce que Jeanne veut dire c'est que nous avons toutes fait partie de grands ensembles philharmoniques.

Jeanne : Oui, c'est ça que je veux dire. Et puis aussi que lorsqu'un nouveau convoi arrive, comme toi et tous ceux qui t'accompagnaient ce matin, et bien parfois on est obligé d'aller jouer pour les accueillir pendant que ces salauds font le tri entre ceux qui vont entrer et ceux qui iront directement...

Louise : Un peu de musique pour rendre l'accueil plus... humain.

Jeanne : Voilà, plus humain. Merci, Louise, je ne l'aurais pas trouvé toute seule celui-là !

Mathilde : Je n'ai rien entendu...

Rachel : On n'a pas joué ce matin.

Jeanne : Non, ils veulent quelque chose de plus léger, de plus... humain. Alors ils ont été te chercher. Un accordéon, c'est plus humain, ça, non ? *(Elle a un geste de colère et se détourne des autres)*

Louise : T'inquiète pas, Mathilde, elle est toujours comme ça. Faut pas faire attention, elle a un grand cœur, mais elle ne veut pas le montrer, c'est tout. Pour le reste, comme tu vois, c'est pas un palace, mais comme ils ont besoin de nous pour jouer, eh ben, on est un peu mieux traité que les autres.

Mathilde : Et, c'est pas trop dur. On peut tenir facilement le coup ?

Angèle : Mais oui, puisqu'on est là depuis plusieurs mois, on t'a dit. Et puis tu vois Louise ? Ça fait plus longtemps encore, n'est-ce pas Louise ?

Louise : Oui, plus longtemps. Tu verras, on s'organise plutôt bien. Ici c'est moins affreux et moins sale.

Angèle : Faut juste éviter le revier,

Mathilde : Le revier ?

Louise : L'infirmerie du camp !

Rachel : *(Pour elle)* Faut éviter le camp dans son ensemble sauf si tu ne veux plus…

Angèle : Même avec 40° de fièvre, faut travailler, tu verras on n'en meurt pas forcément. Mais pas au revier.

Mathilde : Et les autres ? Ma mère était avec moi, est-ce qu'elle s'en sortira ?

Angèle : Les autres ? Hé bien…

Rachel : As-tu fini de lui raconter des histoires ? On est ici pour crever, vous entendez ? Uniquement pour crever et pas une n'en sortira. Quant à ta mère, à cette heure…

Mathilde : Elle est folle, n'est-ce pas ?

Angèle : *(Après un regard de réprobation vers Rachel)* Mais oui, elle est folle. Folle et aigrie. Elle cherche à nous démoraliser…

Mathilde : Qu'est-ce qu'ils attendent de nous ?

Jeanne : *(indiquant l'accordéon que Mathilde tiens toujours)* Que tu en joues du mieux que tu puisses.

Mathilde : C'est à ma mère

Toutes : *(Stupéfaction générale)* Quoi, que dis-tu ? À ta mère ? Mais toi ? Tu sais en jouer ?

Mathilde : Oui, oui, un peu… C'est ma mère qui m'a appris… Elle faisait partie d'un orchestre avant la guerre… Gaston Firmin et son orchestre ça s'appelait, Vous connaissez ?

Jeanne : *(Faussement intéressée)* Gaston Firmin et son orchestre, tu dis ?

Mathilde : Oui c'est ça…

Jeanne : Non, je ne vois pas. Désolée… Tu sais, moi, la grande musique…

Louise : Jeanne !

Mathilde : On a traversé plusieurs fois la France de long en large… C'était bien. Surtout pour les bals du 14 juillet ! Alors à la force d'écouter ma mère, j'ai appris. Mais je n'ai pas son niveau.

Jeanne : Ça devrait suffire quand même !

Mathilde : C'est important ?

Angèle : Disons qu'il ne vaut mieux pas le répéter.

Louise : Oui, ça, vaut mieux pas. Ce sera notre petit secret. D'accord ?

Mathilde : *(Sans comprendre)* D'accord. Quand nous sommes arrivées, tout à l'heure, ma mère a parlé à quelqu'un et puis elle m'a demandé de lui tenir son accordéon et de ne m'en séparer sous aucun prétexte. Elle m'a dit que ça la gênait pour descendre du train… Et puis elle a disparu dans la foule… Où est-elle maintenant ? Que va-t-elle devenir ? Pourquoi nous ont-ils amenées là ?

Silence gêné des femmes.

Jeanne : Regarde par la fenêtre… Qu'est-ce que tu vois ? Sur ta droite…

Mathilde : Rien, ah si… une cheminée… À l'usine ? Ils nous ont fait venir pour travailler dans leurs usines ? Vous disiez tout à l'heure qu'on allait travailler dans une sorte de ferme…

Un temps.

Jeanne : À l'usine ?

Rachel : Ce n'est pas l'usine, c'est…

Louise : Tais-toi Rachel !

Jeanne : Oui, c'est ça, l'usine, et crois-moi, ça va te changer de Gaston Machin et son orchestre… Ici, ils vont te tuer au boulot…

NOIR

Scène 3

Une semaine plus tard. Entrée des femmes de façon violente, poussées par la Walkyrie, en colère.

La Walkyrie : Mesdames, c'est la dernière fois que je vous le dis ! Si vous persistez à jouer de la sorte. Je ne pourrais plus rien pour vous !

Angèle : Il fait trop froid et l'acier des cymbales me…

La Walkyrie : Tais-toi ! Tu parleras si je te le demande ! Quand donc comprendrez-vous que vous êtes en sursis ici ? Si votre misérable orchestre ne trouve plus grâce auprès de l'Obergruppenführer, il ne faudra pas compter sur moi pour vous sauver. Ce sera trop tard. Je ne vous serais plus d'aucun secours… *(Elle fait mine de sortir)* Songez-y ! *(Elle sort).*

Un temps. Rachel s'effondre une fois de plus.

Rachel : Je n'en peux plus. Qu'elle fasse ce qu'elle veut de moi… Puisque de toutes façons on va mourir, alors pourquoi attendre ? Pourquoi souffrir ? On ne peut pas sortir d'ici…

Angèle : Rachel, tu n'as pas le droit de dire ça… Pense à tout ceux qui n'ont pas notre chance.

Comme à la scène une, Jeanne fait un signe de la tête pour désigner la porte et la fenêtre. Deux femmes s'y placent, s'assurent qu'il n'y a pas de danger et en informent une autre qui fouille au même endroit que précédemment. Cette fois elle découvre quelque chose. Et le brandit de façon victorieuse. Il s'agit d'un quignon de pain.

Mathilde : Ainsi, c'est donc vrai ?

Louise : Mais puisque ça fait une semaine que je te le dis…

Mathilde : Mais comment……

Louise : Ça, on ne sait pas. Peut être que l'une d'entre nous a tapé dans l'œil d'un boche…

Angèle : *(Avec un signe équivoque)* Boche ou pas, une belle miche comme ça, ça ne se refuse pas !

Jeanne s'en saisit d'office. Elle prend un couteau et la coupe en deux puis en tend une moitié à Angèle.

Jeanne : Tiens au lieu de dire des insanités devant de toutes jeunes filles. Tu sais ce que tu dois faire ?

Angèle : Compte sur moi *(Elle va pour sortir)*

Jeanne : Angèle ?

Angèle : Oui ?

Jeanne : Fais attention à toi !

Angèle : Ne t'inquiète pas ! *(Elle sort)*

Mathilde : Sacrée Angèle ! Toujours le bon mot ! Et puis… Je ne suis pas si jeune que ça !

Louise : Ceci dit, elle a raison. Quelle que soit l'identité de notre mystérieux bienfaiteur nous nous devons de lui faire honneur. En attendant de pouvoir le remercier de vive voix. Et croyez-moi, ça ne devrait plus tarder.

Rachel : Tu parles ! Depuis que je suis ici tu n'as jamais arrêté de nous dire que la libération du camp était pour le lendemain ! Alors on se couche pleine d'espoir et puis… et puis le lendemain, rien, si ce n'est ce fol espoir que ce sera peut-être encore une fois pour le lendemain… Je n'ai jamais autant entendu le mot demain prononcé que depuis que je suis ici. Demain, demain, demain, demain peut-être…

Mathilde : C'est sa manière de tenir et de nous encourager !

Rachel : Encourager à quoi ? Je sais bien que je vais mourir. Je suis arrivée avec mes parents, mon fiancé sa sœur et ses deux enfants. Tous au crématoire, et j'irai aussi... Et toi aussi. Un peu plus tôt, un peu plus tard !

Louise : Eh bien moi, je préfère que ce soit le plus tard possible. Mais, bon dieu, réfléchis un peu ma petite Rachel. Pourquoi nous apporterait-on de la nourriture au risque de se faire tuer si ce n'est parce que la libération est proche et qu'ils veulent que nous tenions.

Jeanne : Qui, ils ?

Louise : Qu'est-ce que j'en sais, moi ! La résistance, certainement.

Jeanne : Si c'était la résistance, ils auraient pris contact avec nous autrement qu'avec un malheureux bout de pain dissimulé dans notre baraquement tous les 3 ou 4 jours... C'est une arme qu'on aurait trouvée, ou un message pour le moins...

Mathilde : Il me semble que Jeanne a raison, Louise.

Rachel : Et qu'est-ce que tu aurais fait avec un pistolet face à cette horde de brutes sanguinaires ? Votre optimisme est beau et je vous envie mais je sais moi que c'est sans espoir. Et si je n'étais pas si lâche... je sais bien ce que je ferais...

Louise : Tais-toi ! Non, Tu ne sais pas. Alors, continue ta couture. Nous avons besoin de tes petits doigts de fée. Continue à jouer aussi. Et je te le dis encore une fois. Je vous le dis à toutes, je n'en démords pas ! Et vous verrez que l'avenir me donnera raison. Nous sortirons bientôt...

Jeanne : Puisses tu dire vrai !

Retour de Angèle toute bouleversée

Angèle : Ça y est ! J'ai pu faire passer le pain à Andrée. Elle nous remercie toutes. Yvette est partie pour le revier ce matin. Impossible d'y couper étant donné son état.

Jeanne : J'espère que cela ira vite !

Louise : Que Dieu ait pitié de son âme !

Angèle : Sinon les Russes ont fait une nouvelle percée. Les choses se précisent.

Louise : Vous voyez ? Je vous l'avais bien dit ! Ça ne m'étonnerait pas qu'on le voit bientôt débarquer, notre premier Russe !

NOIR

Scène 4

Les femmes entrent en scène, visiblement après une représentation. Chacune porte son instrument. On se débarrasse de celui, ci, se défait des manteaux ou capes et l'ordinaire reprend cours tout en commentant les prestations de chacune et de l'ensemble…

Louise : Je ne sais pas ce que vous en pensez, mais il me semble que c'est une de nos meilleures prestations…

Angèle : C'est vrai que celle-ci était pas mal…

Jeanne : Et bien si vous êtes contentes de vous, c'est l'essentiel !

Rachel : Tu n'es pas satisfaite, Jeanne ? Pourtant j'ai trouve que tu as parfaitement bien négocié tes solos.

Mathilde : Moi, j'ai trouvé l'ensemble de bonne facture…

Jeanne : Ah évidemment, si miss « bal musette » a trouvé ça à son goût…

Louise : Allons, Jeanne, laisse Mathilde tranquille… *(À Mathilde)* Tu as été très bien, pour une première fois…

Angèle : C'est parce que tu avais un bon professeur… Mais c'est vrai que tu t'es très bien débrouillée.

Rachel : Oui… Jeanne a eu une bonne idée de te confier le triangle…

Jeanne : Disons que je ne voyais pas vraiment comment intégrer un accordéon dans un récital Schumann.

Mathilde : Je te remercie de m'avoir fait confiance.

Jeanne : Ça va, n'en parlons plus…

Angèle : Ceci dit, c'est vrai que ça devient monotone la Walkyrie nous impose de jouer toujours pratiquement la même chose. Vous n'avez pas remarqué ?

Rachel : Maintenant que tu en parles… Quand on y pense, c'est vrai que c'est souvent pareil, y'a que l'ordre qui change…

Jeanne : Faut pas chercher à comprendre… On joue pour des nazis… Même mon chien doit en connaître plus sur la musique qu'eux…

Louise : On pourrait peut-être leur proposer quelques nouveautés ? Schubert, sa truite, le quintette moi ça me plairait assez…

Mathilde : Moi, la truite, ça me donne faim !

Angèle : *(Amusée)* T'es drôle !

Jeanne : *(Pas du tout amusée)* Très drôle ! Et ben, on ne s'ennuie pas avec toi.

Rachel : Personnellement, j'ai un petit faible pour le 2e mouvement de la symphonie n°1 de Brahms

Louise : Ut mineur, opus 68… oui, on doit pouvoir retranscrire la partition…

Jeanne : Et le clown, qu'est-ce qu'il en pense ? T'as quelque chose à proposer ?

Mathilde : Ben, c'est que… j'ai bien un air qui me vient à l'esprit mais je ne sais pas comment ça s'appelle.

Jeanne : T'as qu'à le jouer à l'accordéon… ou au triangle maintenant qu'Angèle t'a appris… Si on le reconnaît on te dira de quoi il s'agit…

Louise : Tu peux nous fredonner l'air, ça suffira largement…

Mathilde, après un moment d'hésitation, chante

Rachel : Ah, ben c'est Élégie pour violoncelle de Gabriel Fauré

Jeanne : Ah non, pitié pas ça…

Rachel : Pourquoi ?

Jeanne : Moi ce compositeur me file le cafard. Et vu notre situation, je n'ai vraiment pas envie d'en rajouter côté cafard…

Louise : Ah bon ? Moi, j'aime bien… mais si Fauré te file le cafard, je peux comprendre. Tant pis pour Fauré !

Angèle : Dommage qu'on ne dispose toujours pas d'un piano parce que Chopin, vous me direz ce que vous voudrez mais ça reste Chopin.

Jeanne : C'était surtout un Polonais…

Angèle : Et alors…

Jeanne : Bon, y a quelqu'un qui se dévoue pour lui expliquer où l'on est et pourquoi on y est… Parce que là, crois-moi, si t'as pas encore compris, ça va te faire un choc…

Rachel : Sacrée Angèle, c'est pour ça qu'on t'aime… ta naïveté, ton côté infantile fait tout ton charme…

Angèle : Non, mais attendez, je n'ai pas compris…

Louise : Laisse-les. Elles te taquinent.

Rachel : Et pour les nouveaux morceaux, on fait comment ?

Louise : Comment, on fait comment ?

Angèle : *(À Mathilde)* T'as compris, toi ?

Mathilde : Oui, je t'expliquerai, va.

Rachel : On n'a pas les partitions. Va falloir les retranscrire de mémoire.

Jeanne : *(À Angèle)* On a ce qu'il faut…

Angèle : *(Toujours à Mathilde)* Ben quoi, C'est quoi le problème avec Chopin ?

Jeanne : *(À Angèle)* You-ou ! Angèle ? *(À Mathilde)* Et toi tu sais ce que tu dois faire ?

Mathilde acquiesce de la tête, stoppe ce que était en train de faire et se dirige vers l'armoire

Angèle : Hein, quoi ?

Jeanne : On a ce qu'il faut pour retranscrire des partitions ?

Angèle : Oui, oui, oui. Il me reste du papier sous le lit.

Mathilde ouvre le placard et découvre un homme caché à l'intérieur. Elle pousse un cri de surprise et tombe en voulant s'enfuir. Les autres femmes découvrent à leur tour l'homme et sont prises de panique.

Angèle : Il va nous tuer, il va nous tuer ! *(Elle tente de se cacher sous le lit)*

Rachel : Attention !

Louise : Non, pitié…

Jeanne : *(Se précipitant vers Mathilde, toujours au sol)* Mathilde !!!

Pendant ce temps, l'homme, visiblement blessé au bras et l'air hagard, est sorti de l'armoire. Il semble, pour le moins, tout aussi apeuré que les femmes…

Jeanne : *(Le moment de panique passé)* Qui êtes vous ? Qu'est-ce que vous nous voulez ?

Angèle : On dirait qu'il ne comprend pas ce que tu dis.

Jeanne : Vous ne parlez pas le français ? *(Pas de réponse)*

Louise : Sprécheutzi Deutsch ? Dou you speak English ?

Rachel : C'est peut être un Russe ou un Polonais ?

Louise : Comment on dit déjà… ah oui… Rosemavia polski ? Ruski ? *(Pas de réponse)* C'est pas ça non plus…

Jeanne : Ou alors c'est ton accent…

Angèle : Mais qu'est-ce qu'il fait là ?

Jeanne : J'en sais rien, moi, t'as qu'à lui demander…

Louise : Et toi qu'es si maligne, en quelle langue je lui demande ?

Jeanne : T'as essayé le chinois ?

Louise : Le chinois ? Qu'est-ce que tu racontes ? Pourquoi le chinois ? Il est pas chinois, ça se voit, non ?

Mathilde : *(qui s'est ressaisie)* Excusez-moi de vous interrompre, mais il a pas l'air bien votre chinois…

Rachel : C'est vrai qu'il a l'air pâle…

Angèle : Russe polonais ou chinois, ça reste un homme. Et ça, ici, c'est pas normal…

Rachel : C'est vrai ! Qu'est-ce qu'il fait là ? Il est là pour nous tuer ou pour nous aider ?

Louise : Pour nous aider ? Mais oui, Rachel, tu as raison !

Rachel : Quoi ?

Louise : J'ai compris ! Mais oui, c'est ça ! Ça ne peut être que ça…

Rachel : Quoi ?

Louise : Les filles, on est sauvé ! C'est la résistance qui vient nous délivrer… *(À l'homme)* C'est çà, hein ? Vous êtes venu nous chercher ? *(Aux femmes)* Je vous l'avais bien dit ! Je vous l'avais bien dit ! Tu vois Rachel, ma petite, tu vois que j'avais raison ! Regarde, regardez toutes, le visage de notre sauveur…

L'homme s'écroule…

NOIR

Scène 5

Dans le noir, on entend des bruits de bassines, d'eau, et les voix des femmes qui chuchotent des commentaires sur l'état du blessé.

Louise : *(Toujours dans le noir)* Il revient à lui.

Lumière. Les femmes sont toutes affairées autour d'une couchette où est alité Lucien. Seule Jeanne est restée proche de la porte, en couverture. L'humeur est « guillerette » autant que faire se peut. Certaines sifflotent un petit air gai et entraînant.

Lucien : Où suis-je ?

Jeanne : Louise, il parle le français ton résistant !

Mathilde : Tant mieux parce que le chinois on aurait été dans l'embarras.

Lucien *(Il tente de se lever mais ne parvient qu'à s'asseoir. Son bras lui fait mal)* Aïe, mon bras ! Qu'est-ce qui s'est passé ?

Jeanne : On vous a trouvé ici, caché dans notre débarras.

Lucien : Mon bras ! C'est grave ?

Presque toutes ensemble sauf Jeanne à l'écart qui observe la scène.

Mathilde : Vous avez dû faire une mauvaise chute. Mais rassurez-vous je vous ai fait un bandage. Ça devrait aller.

Louise : C'est moi qui vous ai porté jusqu'au lit.

Rachel : C'est moi qui ai trouvé le tissu pour le bandage.

Mathilde : Je veillerais sur votre bras jusqu'à ce qu'il soit guéri

Lucien : Oh ! Oh ! Oh ! Oh ! Oh ! Allons Mesdames, un peu de calme, je vous prie. Je vous remercie de votre sollicitude. Mais reprenons depuis le début. Qui êtes vous ?

Rachel : C'est vrai, nous manquons à nos devoirs.

Mathilde : Nous ne nous sommes même pas présentées !

Louise : Moi c'est Louise

À nouveau toutes ensemble, elles égrainent leurs prénoms sauf Jeanne toujours attentive et observatrice.

Jeanne : Et vous ? Qui êtes-vous ? Comment êtes-vous arrivé ici ?

Louise : Une minute, Jeanne, laisse notre sauveur reprendre ses esprits.

Lucien : Notre sauveur ? *(Montrant son bras)* Allons pour le moment c'est plutôt moi qui vous dois…

Louise : Mais non, mais non, vous ne nous devez rien.

Mathilde : C'est nous, au contraire, qui vous remercions d'être là.

Lucien : Vous me remerciez ?

Angèle : Quelle modestie !

Rachel : Et quel courage ! Être venu ici, seul !

Lucien : Courage ?

Louise : Laissons-le reprendre son souffle

Mathilde : Tu as raison, Louise !

Rachel : Ça je dois dire que tu avais raison depuis le début ! Et moi qui n'y croyais vraiment plus !

Louise : Je vous l'avais dit !

Angèle : Oui c'est vrai !

Mathilde : *(À Lucien)* Vous voulez un peu d'eau ?

Lucien : Oui, merci.

Elles se précipitent sur l'eau. Mais Rachel qui était la plus proche du gobelet s'en est déjà saisi. Les autres la regardent avec jalousie aider Lucien à boire.

Jeanne : Alors ? Vous ne nous avez toujours pas dit comment vous vous appelez et ce qui vous emmène ici ? Je suppose que ce n'est pas une simple visite de courtoisie !

Lucien : Visite de courtoisie ? Non, non, bien sûr que non... Je m'appelle Lucien. Lucien Villeneuve

Louise : Je vous l'avais bien dit ! Lucien, vous permettez que je vous appelle Lucien ?

Lucien : Ben, c'est mon prénom alors...

On entend les femmes répéter le prénom Lucien telle une mélopée incantatoire

Louise : Le jour de notre libération approche, les filles !

Lucien : Enfin !

Louise : Nous avons tant souffert, même si cette douleur n'est rien face à celle de nos mères et de nos sœurs qui sont mortes ici. Nous allons enfin rentrer chez nous.

Lucien : Nous allons rentrer chez nous !

Louise : Nos prières n'ont pas été vaines

Lucien : Grâce au ciel !

Louise : Et c'est grâce à vous Lucien, qu'enfin nous allons… *(L'émotion la submerge et n'y tenant plus elle fond en larmes)*

Lucien : Quoi ? Grâce à moi, que quoi ?

Louise le saisit et l'embrasse.

Louise : Merci.

Lucien : Comment ? Mais…

Toutes les femmes, sauf Jeanne, au comble de l'émotion imitent Louise et fondent en larmes sur les épaules de Lucien.

Jeanne : Calmez-vous ! Calmez-vous ! Silence !

Un temps

Jeanne : Il semble que votre enthousiasme gène un peu notre ami. N'est-ce pas Monsieur Villeneuve ?

Lucien : Eh bien…

Jeanne : Et puis monsieur Villeneuve est un homme d'action. Il besoin de toute sa lucidité afin de ne pas réduire à néant nos chances de nous évader grâce à lui, n'est-ce pas monsieur Villeneuve ?

Lucien : Vous évadez ? Grâce à moi ? Oui, oui bien sûr…

Louise : *(Triomphante)* Alors, les filles, vrai que j'avais raison ? Et toi ma petite Rachel, tu y crois, maintenant ?

Rachel : Oui. Oui !

Elles tombent dans les bras les unes des autres tandis que Lucien et Jeanne se dévisagent. Un temps puis…

Scène 6

Jeanne : Toutes mes félicitations, Monsieur Villeneuve.

Lucien : Je vous demande pardon ?

Jeanne : Allons, ne jouez pas les modestes... À peine, êtes-vous arrivé dans cette pièce que déjà l'espoir renaît... Je n'ose imaginer ce que cela sera lorsque vous nous aurez dévoilé votre plan...

Lucien : Mon plan ? Oui, oui, bien sûr, mon plan... Vous voulez connaître mon plan ?

Louise : Allons, Jeanne, laisse Lucien souffler un peu...

Rachel : Jeanne a raison, dites nous, monsieur Lucien, ce que vous attendez de nous.

Angèle : Oh va, moi je sais bien ce que je pourrais vous donner Lucien...

Lucien : Ah oui...

Angèle : Et croyez-moi, on a beau être enfermé depuis longtemps, c'est comme la bicyclette, ça, ça ne s'oublie pas... Je suis plus toute jeune, mais j'ai une solide expérience de... de la vie... comme qui dirait...

Louise : Faut l'excuser, Lucien, Angèle est vraiment incorrigible...

Angèle : Ben quoi... Je dis tout haut, moi, ce que vous pensez toutes, tout bas... Et pis bon sang y'a pas de mal à se faire du bien. N'est-ce pas Lucien ?

Lucien : Ma foi, le verbe est assez cru mais l'idée, il faut l'avouer, n'est pas dénuée d'un certain... charme.

Angèle : Cela mériterait que l'on s'attarde un instant à la développer cette... idée. Quand pensez-vous Lucien ?

Mathilde : Ben dis donc, faut pas te gêner…

Angèle : De quoi je me mêle ? On cause, quoi, c'est tout… C'est-y pas vrai, Lucien ?

Lucien : Bien sûr ! On cause, quoi, c'est tout…

Angèle : Y a pas de quoi se mettre un marteau dans la tête

Louise : Martel en tête, Angèle, Martel en tête…

Angèle : Si tu veux… mais tout le monde a compris ce que je voulais dire…

Rachel : Pour sûr, sacrée Angèle !

Mathilde : C'est bien ce que je disais, ce que tu as dans la tête ne fait de doute à personne…

Angèle : Et pour moi, ce que tu as dans la tienne, ne fait pas de doute non plus…

Mathilde : Ah oui ? Et qu'est-ce que j'ai dans la tête ?

Angèle : Plus grand-chose, apparemment. C'est la jalousie qui t'égare…

Mathilde : Moi jalouse ? Non, mais vous l'entendez, vous autres ? T'as vu de quoi t'as l'air ?

Louise : *(À Rachel)* Regarde bien Rachel, va y avoir de l'action !

Angèle : *(En réponse à Mathilde)* Qu'est-ce que tu sous-entends, là ?

Mathilde : Là ? Je ne sous-entends rien. J'affirme ! Avec tes seins qui tombent jusqu'à rayer le plancher, tu crois pouvoir plaire à qui ici ?

Jeanne : Bon, ça suffit ! Qu'est-ce que ça veut dire de vous battre comme des gamines d'école élémentaire ? Vous ne croyez pas qu'on a mieux à faire ? *(A Lucien)* Quant à vous, Monsieur Villeneuve…

Lucien : Vous pouvez m'appelez Lucien.

Jeanne : Vous allez nous exposer très rapidement les motifs de votre venue ici… Parce que pour le moment, cela ne semble pas une bonne chose…

Lucien : Oui, enfin pas une bonne chose…

Louise : Comment peux-tu dire ça, Jeanne ? Lucien a risqué sa vie pour venir jusqu'à nous…

Lucien : Laissez Louise, laissez… Jeanne a raison… *(À Jeanne)* Vous avez raison. Je débarque, dans votre univers, comme ça sans prévenir…

Louise : On se doute bien que vous alliez pas vous faire annoncer, allez…

Rachel : Pour sûr !

Lucien : Merci Louise. Votre remarque est frappée au coin du bon sens… Devais-je prendre le risque de vous faire prévenir de mon arrivée ? Eh bien j'y ai songé… Et puis je me suis très vite rendu à l'évidence… Cela aurait été une pure folie…

Jeanne : Pourquoi donc ?

Lucien : Pourquoi donc ? Pourquoi donc ? Mais je vais vous le dire, pourquoi donc ?

Louise : Avec la Walkyrie qu'est tout le temps fourrée dans nos pattes, ça n'aurait pas été simple.

Lucien : La Wal-ky-rie ? Exactement, cette Walkyrie, qui est là, sans cesse, à tourner autour de vous tel un rapace surveillant sa proie… Cette Walkyrie-là est une menace continuelle…

Jeanne : Je vais me réveiller…

Lucien : *(Aux autres filles qui maintenant boivent ses paroles)* Avais-je le droit de vous mettre toutes en danger ? À seule fin de vous prévenir de mon arrivée ? Non, bien sûr. Si la moindre chose était arrivée à l'une d'entre vous par ma faute je ne me le serais jamais pardonné...

Jeanne : Au fait, monsieur Villeneuve, si vous le voulez bien... Au fait...

Lucien : J'y viens, j'y viens... Où en étais-je ? Ah oui ! Donc, ma décision étant prise j'ai préféré attendre le moment opportun pour venir discrètement me faufiler par cette fenêtre que vous voyez là...

Jeanne : Quel héroïsme !

Louise : Oh oui, c'est vrai. Quel courage !

Rachel : Prendre de tels risques pour venir nous sauver... C'est... C'est...

Mathilde : C'est beau !

Angèle : Oui... C'est beau !

Rachel : C'est beau !

Jeanne : Oui, d'ailleurs tant de beauté ça pourrait devenir aveuglant si on n'y prend pas garde...

Lucien : N'exagérons rien... Je n'ai fait que ce que j'avais à faire... D'ailleurs je voudrais tout de suite dissiper un malentendu...

Jeanne : Ha ! Quand même, on y vient...

Louise : Un malentendu, Lucien ?

Lucien : Oui... voilà... je ne voudrais pas que vous me preniez pour ce que je ne suis pas...

Rachel : Qu'est-ce que cela veut dire ?

Angèle : Oui, expliquez-nous, on ne vous comprend pas…

Mathilde : On ne vous comprend pas du tout, même…

Jeanne : Eh bien moi j'ai compris et votre franchise vous honore, monsieur Villeneuve…

Lucien : Je vous ai dit que vous pouviez m'appelez Lucien…

Louise : Attendez, attendez… De quoi s'agit-il ?

Lucien : Eh bien voilà… Comment dire ? Heu, depuis tout à l'heure que nous parlons… Il semblerait que vous me preniez pour le chef d'un réseau de résistance ou quelque chose comme ça… Mais…

Rachel : Mais ?

Lucien : En fait je ne suis qu'un membre anonyme de ce réseau… Ce n'est pas moi qui prends les grandes décisions…

Jeanne : Quoi ?

Lucien : Oui, je sais, j'aurais dû vous le dire plus tôt… mais votre enthousiasme à me voir…

Angèle : Chef ou pas chef, moi ça me fait rien. Et ma proposition de tout à l'heure tient toujours…

Louise : Ne vous en faites pas Lucien. L'essentiel c'est que vous soyez là…

Jeanne : Attendez…

Rachel : Qu'importe votre grade si la liberté nous attend au bout du chemin…

Louise : Rachel à raison…

Jeanne : Attendez, j'ai peur de ne pas avoir bien entendu…

Louise : Oui, bon ben, ce n'est pas le chef… mais on va pas en faire une histoire, quand même…

Jeanne : Mais c'est faux… tout ce qu'il dit est faux…

Angèle : Calme-toi Jeanne, je comprends ta déception…nous la comprenons toutes… mais comme l'a dit Rachel l'essentiel n'est pas là…

Lucien : C'est vrai Jeanne, l'essentiel n'est pas dans le fait de savoir si je suis chef ou pas…

Jeanne : Alors c'est quoi l'essentiel… Parce qu'au final vous ne nous avez toujours pas dit ce que vous faîtes là et ce que vous comptez faire pour nous aider…

Lucien : Eh bien… Eh bien… j'allais y venir justement…

Louise : Nous vous écoutons, Lucien…

Lucien : Merci Louise… Alors, voilà… Vous vous doutez bien que cet endroit, même s'il est rempli d'instruments de musique, reste une prison.

Rachel : C'est vrai, hélas…

Lucien : Je suis venu parce qu'il nous fallait voir de l'intérieur comment vous étiez logées et surtout comment vous étiez traitées. S'il n'y avait pas de blessées par exemple, plus dur à évacuer…

Louise : Vous pensez à tout…

Mathilde : Tais-toi un peu Louise…

Lucien : *(À Mathilde)* Ça ne fait rien… Je dois maintenant en référer à mes supérieurs… Afin qu'ils prennent la meilleure décision…

Mathilde : Et ?

Lucien : Oh, malheureusement, comme je viens de vous le dire, il ne m'appartient pas de décider mais... si cela ne tenait qu'à moi... bien entendu... je ferais tout ce qui est en mon pouvoir pour vous libérer le plus rapidement possible...

Rachel : C'est tout ?

Louise : C'est tout, c'est tout... c'est déjà beaucoup... Cela veut dire qu'on ne nous a pas oublié... Qu'on va enfin en voir le bout de cette saloperie de trou à rats... Croyez moi, grâce à Lucien, notre cauchemar n'a jamais été si proche de prendre fin...

Rachel : Et les autres...

Lucien : Quels autres ?

Rachel : Tous ceux qui sont là-bas dans le camp. Leur sort est dix mille fois pire que le nôtre... Si vous devez aider quelqu'un il vaut mieux commencer par eux... *(Approbation générale de toutes les autres femmes).* Notre sort est encore supportable alors que là-bas...

Lucien : Bien... Bien je prends note de cette information et je la transmettrais... Mais pour l'heure, il faut que vous m'aidiez à trouver un moyen de sortir du village discrètement...

Jeanne : A peine arrivé que vous voulez déjà nous quitter, monsieur Villeneuve ?

Lucien : Oui, enfin, non, c'est pas ça... mais il ne serait pas raisonnable que je reste ici plus longtemps... ça pourrait être dangereux pour vous comme pour moi.

Mathilde : Et votre bras ?

Lucien : Oui, je sais, ça m'inquiète un peu à vrai dire...

Angèle : En faisant attention, je suis sûre que vous pouvez rester ici quelques jours. Histoire que vous puissiez récupérer un petit peu... En se tassant bien on doit pouvoir dormir à deux sur ces paillasses...

Rachel : On s'occupera de votre bras

Mathilde : Vous serez comme un coq en pâte avec nous…

Jeanne : Voilà et puis si les boches vous trouvent ils vont tellement nous saigner qu'on fera du coq au vin…

Louise : Très drôle ! Et puis surtout, très constructif ! Parce que bras en écharpe ou pas il va falloir trouver un moyen de vous sortir d'ici…

Mathilde : Et ça, ça ne sera pas de la tarte !!!!

Angèle : Oui, va falloir mitonner un plan aux petits oignons, croyez-moi…

Lucien : Je suis heureux que l'heure soit à la détente entre vous…

Louise : Ne vous en faîtes pas, les querelles ne durent jamais longtemps…

Rachel : Moi, je peux déjà m'occuper de votre chemise. La couture ça me connaît…

Angèle : C'est vrai, Rachel a de vraies petites mains magiques. Elle vous taillerait une superbe robe dans n'importe quel vieux bout de tissu…

Rachel : Tu me gênes Angèle, n'exagérons rien

Lucien : Moi, vous savez, de toutes façons, les robes je n'en mets pas souvent… Alors…

Louise : Mais oui, c'est ça, l'idée

Lucien : J'ai eu une idée ?

Louise : On va vous déguiser en l'une d'entre nous. Quand on donne une représentation, les boches ne savent pas vraiment de combien de personne est composé notre orchestre… Alors, une de plus… une de moins…

Jeanne : C'est de la folie...

Louise : Mais réfléchissez, Rachel est une excellente couturière, n'est-ce pas ?

Mathilde et Angèle acquiescent.

Louise : De plus nous allons souvent donner notre représentation le soir. L'obscurité sera un atout supplémentaire... Ça peut marcher je vous dis...

Jeanne : Ça ne marchera pas.

Louise : Si tu as une meilleure idée je t'écoute... allons les filles, ne vous avais-je pas dit la vérité au sujet de notre prochaine libération ? Croyez-moi encore, le meilleur moyen de sortir Lucien d'ici c'est de le faire passer pour l'une des nôtres...

Lucien : Je ne sais pas... Vous croyez ?

Rachel : Il faudrait du tissu.

Angèle : Je m'en charge.

Rachel : Je viens avec toi.

Jeanne : Vous n'irez nulle part !

Louise : *(À Jeanne, en faisant en sorte que les autres n'entendent pas)* Écoute-moi bien, Jeanne, ici, tout le monde t'écoute et te respecte. Tu as toujours su mieux que quiconque ce qu'il fallait faire ou ne pas faire... mais là, je crois que tu fais une erreur... Regarde-les ! Est-ce que tu les as souvent vu dans cet état de joie et d'espérance... Je ne suis pas naïve, Jeanne, je ne suis pas naïve... mais si on peut tenter quelque chose, ça vaudra toujours mieux que de rester à ne rien faire en se demandant chaque matin si ce n'est pas le dernier que l'on voit.

Jeanne : *(Un temps)* C'est bon, allez-y les filles. Mais promettez-moi de faire attention à vous, hein ! Pas d'imprudence, d'accord ?

Angèle et Rachel : D'accord, promis, on fera attention, c'est juré…

Elles sortent.

Jeanne : Quant aux autres, c'est pas parce qu'on a un invité qu'il faut cesser le travail. Allez au boulot.

Lucien : Et moi ?

Jeanne : Vous ? Faites-vous le plus petit possible… Je ne sais pas moi, tenez, mettez-vous là, dans ce coin et ne bougez plus… Si quelqu'un arrive vous n'aurez qu'à retourner dans votre armoire.

Jeanne et Louise s'affairent à la retranscription de la partition de la Truite de Schubert tandis que Mathilde astique son accordéon.

Scène 7

Lucien les contemple d'un air dubitatif.

Lucien : Y a quelque chose qui m'échappe ?

Jeanne : Quoi donc monsieur Villeneuve ?

Lucien : Lucien… Appelez-moi Lucien ?

Jeanne : Qu'est-ce qui vous échappe ?

Lucien : Vous.

Mathilde : Nous ?

Lucien : Vous ! Vous êtes prisonnières, quelque part en Pologne, près d'un camp où vous comme moi savons ce qui s'y passe. Et vous voir, là, à papoter musique, comme si de rien n'était…

Louise : La musique c'est notre vie, Lucien !

Jeanne : C'est notre façon de nous exprimer. Elle remplace les mots que nous ne savons pas dire.

Lucien : Mais par rapport à tous ces hommes, ces femmes et même ces enfants qui meurent, là, sous votre fenêtre… Vous ne croyez pas qu'il y a quelque chose de futile et… d'indécent dans votre situation.

Jeanne : Notre situation, comme vous dites, nous ne l'avons pas choisie, monsieur Villeneuve !

Un temps.

Lucien : Lucien, je m'appelle Lucien.

Angèle et Rachel entrent. Elles dissimulent grossièrement sous leurs habits quelques morceaux de tissus dont elles se défont au fur et à mesure.

Louise : Vous avez trouvé quelque chose ?

Angèle : Oui.

Rachel : On a eu du mal mais…

Louise : Faites voir…

Jeanne : C'est quoi, ça ?

Mathilde : Vous n'allez pas lui mettre ça ?

Angèle : C'est tout ce qu'on a trouvé !

Rachel : Et si tu penses faire mieux…

Louise : Allons, allons… Ça va allez, on va pouvoir faire quelque chose… Lucien, retirez votre chemise et votre pantalon…

Lucien : Ici ?

Jeanne : À moins que vous préfériez dehors, Monsieur Villeneuve…

Lucien : Vous pouvez m'appeler Lucien…

Louise : Voilà, très bien. Maintenant enfilez moi ça…

Le résultat est pitoyable.

Mathilde : Ah oui, quand même…

Angèle : Vous êtes bien comme ça ?

Lucien : Heu…

Rachel : Pour la taille c'est peut-être un peu serré

Lucien : Oui… enfin, non… j'veux dire je sais pas trop si…

Louise : C'est parce que vous n'avez pas l'habitude de porter une robe. Mais croyez-moi c'est plutôt réussi. Qu'en pensez-vous les filles ?

Jeanne : Pour jouer dans une opérette, il est bien… mais pour franchir des barrages…

Mathilde : Même en chantant, il aura du mal.

Lucien : De toute façon je ne sais pas chanter !

Jeanne : Eh bien au moins ça ira avec le costume !

Louise : Oh, mais en lui fournissant une perruque…

Jeanne : Et tu vas la tricoter, la perruque ?

Angèle : Non, mais j'ai trouvé ça… *(Elle sort victorieusement de ses vêtements une touffe faite de crins de cheval)* Je me suis dit que ça pourrait peut-être servir…

Louise : Bravo, tu as bien fait… Mettez ça !

Lucien : Vraiment je dois ?

Louise : Dépêchez-vous !

Jeanne : Oui, dépêchez-vous. On a hâte de voir le résultat.

Jeanne et Mathilde s'esclaffent.

Rachel : Tenez, mettez ça aussi sur la tête pour la faire tenir *(Elle lui donne une sorte de fichu)*

Louise : im-pec-ca-ble !

Rachel : Tournez voir…

Angèle : Il faudrait peut-être une cape, vous ne croyez pas ?

Rachel : Un manteau, peut-être ?

Angèle : Non, non, avec ce genre de robe, la cape est mieux assortie !

Rachel : Ah bon ?

Angèle : Crois-en ma vieille expérience !

Louise : Moi aussi je penche plus pour la cape !

Lucien : Il me semble bien que Madame Varigote, la couturière près de chez moi, portait effectivement une cape avec ce genre de robe…

Louise : Ah, tu vois !

Rachel : Alors je m'incline. À trois contre une……

Angèle : Attendez, je crois avoir vu ce qu'il nous faut !

Elle sort.

Jeanne : Angèle, fais attention !… L'écervelée… Courir un risque pour une telle mascarade…

Lucien : Voyons Jeanne, regardez-moi. *(Il s'approche)* Dites-moi franchement ce que vous en pensez.

Louise : On dirait deux sœurs !

Lucien : J'ai bien peur que notre couple fasse plus penser à une mère et sa fille.

Jeanne : Je ne savais pas que ma mère était la femme à barbe, monsieur Villeneuve…

Lucien : Lucien

Rachel : Tu nous désapprouves à ce point ?

Louise : Bien sûr ! Dès qu'une idée n'est pas d'elle, mademoiselle boude et...

Jeanne : Allons, Louise, regarde les choses en face. *(Elle désigne Lucien)* Oui enfin... Les chances de passer les barrages, déguisé comme ça, sont à peine d'un milliard contre un.

Louise : Ça laisse une chance ! Et à nous aussi !

Jeanne : Mais bon sang, Louise. Ton Lucien n'est pas...

Mathilde : Revoilà Angèle !

Angèle : Coucou ! *(Elle ramène une sorte de couverture un peu élimée)*. On doit pouvoir en faire quelque chose !

Rachel : Fais voir... Oui je peux effectivement en tirer une cape.

Louise : Mettez là qu'on se fasse une idée... Là... Oui... Je crois que ça devrait aller.

Jeanne : Louise...

Louise : Comment vous sentez-vous Lucien ? Marchez, pour voir ! Quelque chose qui ne va pas ?

Lucien : *(En montrant ses pieds nu)* Je ne sais pas si ça va bien avec une robe ?

Louise, Angèle et Rachel : Les chaussures ! On a oublié les chaussures ! Quelle poisse ! C'est pas vrai, les chaussures ! Quelles gourdes on fait !

Mathilde : Vous chaussez du combien, Lucien ?

Lucien : 45

Jeanne : Et pour dégotter quelque chose qui ressemble à des chaussures de femmes taille 45 ici, ça va pas être coton !

Rachel : C'est fichu !!!

Louise : Mais non, on va trouver autre chose.

Lucien : *(Tout en se changeant)* Mais oui, tant qu'il y a de la vie il y a de l'espoir.

Mathilde : Attention, quelqu'un en vue !

Lucien : Merde, on est foutu, merde, on est foutu, merde…

Toutes aident Lucien à se cacher dans l'armoire et à faire disparaître toute trace de leur précédente activité. La Walkyrie entre.

La Walkyrie : Bonsoir, mesdames !

Jeanne : Garde à vous !

La Walkyrie : Repos ! Vous pouvez rompre le rang ! *(À Jeanne)* C'est un ordre ! C'est ce que vous voulez, non, des ordres ?

Jeanne : Rompez les rangs !

La Walkyrie : Mesdames j'ai une bonne nouvelle pour vous. J'ai organisé un petit récital ce soir à Krakow.

Toutes ensembles : Quoi ? Comment ? Un récital ? Ce soir ? Krakow ?

La walkyrie : Ce récital est très important… pour moi… comme pour vous ! Je vous ai préparé une liste des morceaux que vous devrez interpréter, ainsi que quelques consignes… je vous demande de vous y conformer à la lettre.

Jeanne se met à tousser

La Walkyrie : Quelque chose qui ne va pas ?

Jeanne : *(En toussant toujours)* Oui, je ne sais pas ce que sait mais j'ai dû attraper froid ce matin devant le camp... *(Elle tousse)* Je préférerais éviter de sortir ce soir, si vous n'y voyez pas d'inconvénient.

La Walkyrie : Comment ?

Louise : Oui, c'est vrai qu'aujourd'hui notre petite Jeanne n'est pas au mieux, n'est-ce pas Angèle ?

Angèle : Hein ? Oui, oui, bien sûr, pas au mieux. Pas au mieux du tout même...

Jeanne : Oui, enfin, je ne suis pas mourante non plus... *(À la Walkyrie)* Ah, les amies, vous savez ce que c'est, toujours à s'inquiéter ! *(Elle tousse)* Ceci dit, si je pouvais restez ici ce soir je suis sûre que cela me permettrait d'être parfaitement d'attaque pour le concert d'anniversaire de l'Obergruppenfürher. *(Elle tousse)* Vous souhaitez un anniversaire mémorable pour votre mari, n'est-ce pas ?

La Walkyrie s'approche de Jeanne et lui examine attentivement le visage. Puis, sans un mot, elle avance dans la pièce et commence une rapide fouille visuelle de celle-ci. Elle va pour ouvrir l'armoire...

Angèle : Vous cherchez quelque chose ?

La walkyrie : Non, rien ! C'est souvent quand on ne cherche pas que l'on trouve.

Jeanne : Alors, cessez de chercher *(Elle tousse)* Que voulez vous que nous cachions ?

Mathilde : *(Elle se place devant l'armoire).* Moi, j'avoue... *(Un temps)* J'ai caché mon amant dans le placard !

La Walkyrie : *(En éclatant de rire)* Décidément, vous autres françaises, on ne vous changera pas. Quand ce n'est pas sous le lit, c'est dans le placard que vous mettez vos hommes.

Angèle : *(Riant)* Quand c'est pas les deux !

Louise : Oh ! Angèle !

La Walkyrie : Laissez, laissez ! Un peu de rire ne fait de mal à personne. Allons, je vais être magnanime, Je vous accorde un peu de repos mademoiselle Jeanne… si vous me promettez de cesser ce stupide rituel du garde à vous quand je vous rends visite… Alors ?

Jeanne : D'accord, vous avez ma parole. *(Elle tousse)*

La Walkyrie : Dans ce cas, l'affaire est conclue. Je veux que vos amies soient prêtes dans une heure et demie.

Jeanne : Elles le seront.

La Walkyrie : À tout à l'heure, mesdames… *(Se retournant vers l'armoire, elle saisit la poignée, s'approche et sans l'ouvrir)* Au revoir, monsieur l'amant…

Elle sort en riant.

Jeanne : *(Imitant le rire de la Walkyrie)* Ah, Ah, ah, ah, ah…… Salope !

Mathilde : Tu l'as déjà dit, Jeanne !

Jeanne : Toi, ta gueule. Tu me refais plus jamais un coup comme ça, compris. Et vous autres, vous avez entendu la Walkyrie ? Alors préparez-vous et vite *(À Louise, lui tendant la liste des morceaux et des consignes)* Tiens, ce soir c'est toi qui me remplaces. *(À Rachel)* Et toi, sors-moi votre résistant avant qu'il étouffe.

Lucien : Merci.

Jeanne : Dites-moi, monsieur Villeneuve, un souper en tête à tête, ça vous dit ?

Angèle *(À Louise)* : Elle manque pas d'air la Jeanne !

NOIR

Scène 8

Jeanne : Monsieur Villeneuve…

Lucien : Lucien

Jeanne : Monsieur Villeneuve…

Lucien : Lucien

Un temps.

Jeanne : Lucien…

Lucien : Vous voyez que vous y arrivez. Ce n'était pas si difficile allons, avouez…

Jeanne : Ne détournez pas la conversation

Lucien : Bien. Bien… Je vous écoute… Qu'avez-vous à me demander ?

Jeanne : Qu'est-ce qui vous fait croire que je veux vous demander quelque chose ?

Lucien : Vous n'auriez pas pris la peine d'arranger ce petit tête à tête sans cela. Alors ?

Jeanne : J'ai bien peur que vous ne m'ayez pas tout à fait comprise, tout à l'heure.

Lucien : À quel propos ? Vos conditions de vie, ici ?

Jeanne : De survie. Oui, c'est vrai, nous jouons de la musique, et étant donné les circonstances, nous ne sommes pas les plus à plaindre. Mais si d'aventure, l'une d'entre nous venait à ne plus pouvoir assurer son rôle au sein de cet orchestre elle serait immanquablement conduite au camp que vous apercevez par la fenêtre. Et pour elle, comme pour toutes celles qui y entrent, cela signifie la mort.

Lucien : C'est la guerre. Il faut vous y faire.

Jeanne : Excusez-moi, je pensais avoir été très clair en vous disant que cela signifiait la mort. Mais s'il le faut je peux vous mettre les points sur les 'i'

Lucien : Hé, attendez, j'ai suffisamment de problème sans m'occuper des vôtres. En plus, je ne vois pas bien ce qui est réellement insurmontable dans vos conditions de captivité qui vous empêche de tenter de vous évader.

Jeanne : Bien sûr, vous avez raison, il n'y a rien qui empêcherait l'une d'entre nous de tenter le coup. Seulement les boches n'hésiteraient pas une seule seconde à tuer toutes celles qui seraient restées. C'est pourquoi si nous devons sortir de là, ça doit être toutes ensembles, en musiciennes libres ou en tentant de l'être.

Lucien : Une petite minute. Vous avez dit : ensemble ?

Jeanne : Ensemble, oui.

Lucien : Mais c'est dément ! C'est impossible ! Irréalisable !

Jeanne : Tant qu'il y a de la vie il y a de l'espoir, non ?

Lucien : Exactement ! Et mon espoir, c'est de foutre le camp d'ici le plus rapidement possible. Seul.

Jeanne : Et nous ?

Lucien : Quoi ? Vous ?

Jeanne : Quelle place occupons-nous dans vos projets ?

Lucien : Quelle place voulez-vous occuper ? Je vous l'ai dit. S'il existe une seule chance, aussi minime fût-elle, de revoir la France vivant, elle ne passe certainement pas par une évasion groupée. Non, mais vous nous voyez, traversant la Pologne puis l'Allemagne, ensemble ?

Jeanne : La question n'est pas là.

Lucien : Oh mais permettez, la question est là justement. C'est vous qui parliez d'opérette tout à l'heure, je vous le rappelle. Combien pensez-vous que nous ferions de kilomètres, vous avec vos instruments et moi déguisé en femme épouvantail ? Pas un !

Jeanne : Pas un, je vous l'accorde. Mais ce n'est pas ce que je vous demande.

Lucien : Alors qu'est-ce que vous voulez ?

Jeanne : Vous avez vu Louise ? Elle est persuadée que vous êtes une sorte d'avant-garde de l'armée qui viendra nous délivrer. Depuis que nous sommes ici, pas une seule fois – pas une vous entendez ? – elle n'a cessée de croire en notre libération à toutes. Aussi incroyable que cela puisse paraître, grâce à elle, jamais nous n'avons rêvé que nous étions prisonnières. Toujours dans nos rêves nous sommes libres. Nous sommes des femmes libres ! Alors ce que je vous demande c'est de ne pas briser ce rêve. Bien sûr vous allez partir d'ici, et nous vous y aiderons mais je vous en prie, Lucien, aidez-nous, vous aussi, à réussir notre rêve. Vous n'êtes pas un héros, je sais, vous nous l'avez dit. Et très peu peuvent se vanter de l'être, mais vous êtes un homme de cœur, même si vous vous en défendez. C'est pour ça que lorsque vous serez parti vous ferez tout ce qui est en votre pouvoir pour nous délivrer. Nous, mais surtout toutes celles qui là-bas meurent dans d'atroces conditions…

Lucien : Vous voulez me culpabiliser ?

Jeanne : Non mais…

Lucien : Est-ce ma faute, à moi, si l'Allemagne a envahi la France ? Est-ce ma faute, à moi, si vous êtes prisonnières ici ? Est-ce ma faute, si des gens que je ne connais même pas et qui ne m'ont rien fait meurent par centaines dans ce foutu camp ? Si je suis prisonnier moi aussi ? Si je me suis enfui ? Et si enfin je me retrouve avec vous, dans ce cul de sac ? … Je n'y suis pour rien, je n'ai rien demandé à personne. Et malgré tout je suis là… Perdu…

Jeanne : Nous le sommes tous, Lucien…

Lucien : Oui, vous avez raison ! Nous le sommes tous…

Jeanne : Alors, si entre gens perdus on ne s'aide pas un peu… Dites-moi ce qui nous reste ?

Lucien : Je ne sais pas… Je ne sais plus…

Jeanne : Ne nous abandonnez pas, Lucien. Je ne vous demande pas grand-chose. Juste faire en sorte que nous toutes ici nous puissions entretenir cette flamme que votre arrivée a allumée…

Lucien : Je crois qu'il est trop tard, Jeanne, et j'en suis désolé, croyez-moi… Si j'avais pu vous aider, je l'aurais fait… mais nous sommes dans un tel état de désespoir que maintenant c'est chacun pour soi… *(Il sort du placard un baluchon)* Je vais partir… Le village est endormi à cette heure et les gardiens ont pour la plupart accompagné vos amies…

Jeanne : Bien… je… enfin… elles…

Lucien : Je suis désolé… Adieu, Jeanne……

Il attend une réponse qui ne vient pas puis s'enfuit par la fenêtre. Jeanne se saisit de son instrument et interprète les premières mesures du Concerto pour Violoncelle de Gustave Fauré

Fondu au **NOIR** *tandis que la musique va s'amplifiant…*

Scène 9

Mathilde : *(Sifflotant)* Eh ben, c'est pas la joie !

Jeanne : C'est la guerre.

Mathilde : Et toi Louise, on t'entend plus !

Louise : Un peu de fatigue. Ça va passer !

Mathilde : Angèle, tu ne dis rien ?

Angèle : Je n'ai rien à dire alors je dis rien…

Mathilde : Rachel ?

Rachel : Oh, moi, tu sais, je ne suis pas une grande bavarde. Je couds.

Jeanne : Et quand on coud, on ne peut pas parler. Parce que sinon on se pique et ça fait mal. Qu'est-ce que tu veux Mathilde ? Qu'est-ce que tu cherches ?

Mathilde : Moi ? Rien ! Je m'étonne simplement que depuis… depuis quelque temps, l'ambiance est moins bonne, c'est tout.

Jeanne : Depuis quelque temps ? Vas-y dis-le, dis-le que c'est depuis deux semaines que l'ambiance est en berne. Deux semaines ? Oh quel hasard ! Ça fait justement deux semaines que l'autre salaud de Lucien s'est fait la belle sans dire au revoir et qu'on n'a aucune nouvelle !

Mathilde : Ben oui, je le dis. Puisque tu mets Lucien sur le tapis, parlons-en. Je crois que ça nous ferait du bien à toutes de dire ce que l'on a sur le cœur…

Jeanne : Tu veux que je te dise ce que j'ai sur le cœur ? Je vais te le dire. J'aurais préféré ne l'avoir jamais vu. J'aurais préféré qu'il pénètre dans le baraquement d'à côté. Mais qu'est-ce que tu veux, quand on n'a pas de veine, on n'a pas de veine. Déjà que c'est la guerre, que je suis prisonnière mais en plus il a fallu que monsieur Lucien Villeneuve se pointe dans mon baraquement ! Tu admettras que jusqu'à présent, c'est pas de chance, non ? Alors si je pouvais avoir un peu de tranquillité pour oublier ce salaud, ça me ferait bien plaisir…

Louise : Tu ne peux pas dire ça Jeanne. Moi, ce qui m'attriste c'est l'absence de nouvelle. Qui te dit qu'il n'a pas été arrêté un peu plus loin et même peut-être fusillé. Tu vois, tu n'as pas le droit de lui faire un procès sans savoir ce qui s'est passé. Et puis, sans penser forcément au pire, je suppose que ça doit prendre du temps pour parvenir à rejoindre la résistance. Surtout quand on n'est pas du coin. Peut-être aussi qu'on ne le croit pas. Ou que ces informations ne sont pas assez complètes. Ou bien encore que… enfin, je ne sais pas, moi… Et à lui tout seul, il ne peut tout de même pas attaquer le kommando…

Angèle : De toutes façons, on ne peut rien faire d'autre qu'attendre. Ce qui devra arriver arrivera… Moi, son départ me laisse des regrets… C'est pendant qu'il était là que j'aurais dû…

Mathilde : Tu ne penses qu'à ça, toi, hein ?

Angèle : Et alors ? Quel mal il y a à ça ? Moi, j'ai toujours aimé le plaisir sous toutes ces formes. Une belle musique, bien sur, mais aussi, une belle peinture, un beau film, un bel homme… Et dieu sait si Lucien était un bel homme… Je n'ai pas de honte à dire que j'aurais aimé faire l'amour avec lui. Sentir son corps vibrer sur le mien… Sentir mon corps vivre sous ses caresses. Parce que des occasions de se sentir vivre, il n'y en a plus beaucoup. Alors oui, je regrette qu'il soit parti sans que j'aie pu saisir celle-là…

Louise : Des occasions il y en aura plein d'autres quand on sortira…

Angèle : Ne t'en fais pas ! Je ne les raterais pas ! Non seulement je rattraperais le temps perdu mais en plus je prendrais de l'avance, crois moi !

Mathilde : Hou là, là ! Attention mesdames, planquez vos hommes à la sortie parce qu'Angèle ne fera pas de cadeaux !

La situation s'est un peu détendue. Quelques rires éclatent alors.

Rachel : Oui ! Attention aux hommes vertueux de ne pas tomber dans ces filets !

Jeanne : Hommes et vertueux, ça va ensemble ces mots là ?

Rires.

Rachel : J'aime à croire que Samuel l'était. *(Silence gêné)*

Jeanne : Je suis désolée. Bien sûr qu'il l'était...

Rachel : Oui bien sûr... Ne t'en fais pas, ça va... Moi, la... la visite de Lucien m'a fait beaucoup de bien. C'est vrai. Je vivais dans l'incertitude. Ne pas savoir quoi faire, ne pas être maître de son destin. Ça me terrorisait. J'avais tout le temps peur qu'il nous arrive quelque chose. Enfin, vous voyez ce que je veux dire... et puis, depuis qu'il est parti, je ne saurais pas l'expliquer, mais j'ai senti en moi comme une paix intérieure. Je n'ai plus peur... maintenant je sais ce que je dois faire.

Louise : Tant mieux, je te préfère comme ça... Viens là que je t'embrasse.

Mathilde : Comme c'est touchant.

Louise : Oh regardez-la... Tu ne vas pas pleurer, dis ?

Mathilde : Non, excusez-moi, c'est rien, ça va passer...

Rachel : Allez, viens là toi aussi...

Mathilde : *(Tout en venant embrasser Louise et Rachel)* Vous devez me trouver bête ?

Louise et Rachel : Mais non ! Faut pas dire ça ! Pas du tout ! C'est normal ! *(Toutes trois s'embrassent, très vite rejointes par Angèle)*

Louise : *(À Jeanne, qui est restée en retrait)* Arrête de faire la tête. Viens faire un gros câlin !

Jeanne : Un gros câlin, hein ? Pardonnez-moi de vous le dire, mais parfois, vous vous comportez comme des gamines !

Angèle : C'est parce que nous sommes des gamines !

Louise : Allez viens !

Jeanne cède. Moment rare et intense de joie où se mêlent rires, pleurs et embrassades. La Walkyrie entre, visiblement surprise par cette situation peu banale.

La Walkyrie : Comme c'est émouvant ! Vous fêtez quelque chose ? Et vous ne m'avez même pas invitée. Attention, je pourrais me vexer.

Jeanne : C'est une petite fête intime, entre amies – Françaises – On n'a pas jugé utile de vous y convier.

La Walkyrie : Et qu'est-ce que vous fêtez avec tant d'allégresse ?

Louise : La fin de la guerre... toute proche.

Mathilde : Oui, la défaite allemande...

Angèle : Et le retour au pays...

Un temps.

La Walkyrie : Bien. Alors, permettez moi d'apporter ma contribution à votre petite... fête. Un cadeau, en quelque sorte. Un très important dignitaire dont je ne peux vous dévoiler l'identité vient rendre visite à mon mari, ce soir. Il sera accompagné de plusieurs autres personnages tout aussi importants. Nous avons donc pensé qu'il serait agréable de débuter la soirée par un petit concert.

Les femmes : Comment ? Ce soir ? Mais c'est impossible ! Non !

La Walkyrie : Silence ! Je comprends votre surprise, croyez moi. Mais je ne suis pas là pour vous supplier de nous accorder la faveur de vos prestigieuses présences mais pour vous donner un ordre.

Mathilde : C'est juste qu'on aurait aimé être prévenues un peu plus tôt.

La Walkyrie : Moi aussi, mademoiselle Grandidier, moi aussi. Mais que voulez-vous, c'est la guerre, n'est-ce pas ? On ne fait pas toujours comme on voudrait. *(A Jeanne)* Voici les morceaux que vous devrez interpréter. Comme d'habitude, je vous demande de vous conformer, à la lettre, aux indications fournies. Je ne tolérerais aucune erreur.

Jeanne : On fera pour le mieux.

La Walkyrie : Ça ne suffira pas cette fois. Il faut que tout soit parfait ; Vous entendez ? Parfait !

Rachel : Ça le sera, madame. Nous savons toutes ce que nous avons à faire.

La Walkyrie : Je l'espère. Croyez-moi ! Je l'espère pour vous, du plus profond de mon âme. Je... Votre avenir, ici, en dépend... Votre sort est entre vos mains et dans vos instruments... Me suis-je bien faite comprendre ?

Jeanne : On ne peut pas être plus clair.

La Walkyrie : Vous avez une heure pour vous préparer. Un détachement SS viendra vous chercher à 20 heures et vous escortera jusqu'à votre lieu de représentation. Je vous y retrouverai avec joie. Des questions ?

Louise : Non.

Angèle et Mathilde : Aucune.

Rachel : On sera prêtes.

La Walkyrie : Je... Je vous souhaite bonne chance pour votre concert. À tout à l'heure.

Elle sort.

Jeanne : Vous l'avez entendu ? Non mais vous l'avez entendu cette salope ?

Louise : Oui Jeanne. On était là.

Jeanne : Alors vous l'avez entendu comme moi ?

Mathilde : On n'est pas sourde. On a entendu !

Jeanne : Elle nous a menacées, là, non ?

Rachel : Oui, je crois avoir entendu la même chose que toi. Et alors ?

Jeanne : Quoi, et alors ? C'est toi qui demandes ça ? Et alors ? Cette salope organise une petite sauterie pour elle et ses petits copains et on doit obéir au doigt et à l'œil.

Mathilde : C'est ce qu'on a toujours fait, non ?

Jeanne : Oui, bien sûr. Mais cette fois, c'est différent...

Louise : Qu'est-ce qui est différent, Jeanne ?

Jeanne : Je ne sais pas. Mais j'ai un mauvais pressentiment. Elle ne nous avait jamais menacées comme ça, avant.

Angèle : Elle a peur, c'est tout.

Louise : Mais oui, elle l'a dit. Ce sont des personnages importants qui viennent. Elle fait dans sa culotte à l'idée que ça se passe mal.

Jeanne : Vous croyez ?

Rachel : Mais oui. Tout va bien se passer. Regarde, je ne m'inquiète pas. Je ne m'inquiète plus. C'est fini, maintenant.

Mathilde : Et si Rachel ne s'inquiète pas c'est qu'il n'y a vraiment aucune raison de s'inquiéter...

Louise : Elle nous a menacées parce que c'est son rôle de le faire. C'est tout. Qu'est-ce qui ne va pas Jeanne ?

Jeanne : Je ne sais pas. Je vous l'ai dit, un mauvais pressentiment. J'ai l'impression que cette nuit va être courte…

Mathilde : Ça c'est évident. Avec ce concert qui nous tombe dessus, on ne va pas beaucoup dormir cette nuit. Il manquerait plus qu'ils tirent des feux d'artifices.

Angèle : Des feux d'artifices ?

Mathilde : Ben oui… Imagine, si ça se peut, c'est Adolphe qui vient fêter son anniversaire à Rajsko !!!!

Angèle : Idiote ! *(Les filles sourient)*

Louise : Tu prends un nouveau costume, Rachel ?

Rachel : Oui, je viens de finir de le coudre… Je n'imaginais pas qu'il servirait aussi tôt. Mais ce n'est pas plus mal… C'est même très bien…

Jeanne : *(Qui en a profité pour jeter un œil aux indications de la Walkyrie)* C'est vraiment n'importe quoi. Il n'y a vraiment aucune logique là-dedans.

NOIR

Scène 10

Entrée des femmes, sauf Rachel, dans un silence de mort. Elles semblent abattues. Mathilde se dirige vers les affaires de Rachel et commence à les trier pour les ranger.

Jeanne : Qu'est-ce que tu fais ?

Mathilde : Qui ? Moi ?

Jeanne : Oui, toi ! C'est à toi que je parle. C'est tes affaires ? Non ! Alors t'y touche pas. Compris ?

Louise : Calme-toi, Jeanne.

Jeanne : Je suis calme. Et c'est très calmement que je vous préviens… si l'une d'entre vous s'avise à toucher aux affaires de Rachel, elle aura à faire à moi.

Mathilde : On ne va pas les laisser là, comme ça…

Jeanne : Cette fois, je me la fais…

Louise : Jeanne ! Ça suffit !

Jeanne : Personne ne touche à ces affaires.

Louise : Tu crois qu'elle va revenir ?

Jeanne ne répond pas

Louise : Tu crois qu'ils l'ont emmenée juste pour lui faire la morale ? C'est ça ?

Jeanne ne répond toujours pas.

Louise : Mademoiselle Rachel, ce que vous avez fait là, ce n'est pas bien ! Das ist nicht gut !

Jeanne : Tais-toi !

Louise : Tu crois peut-être qu'ils l'ont emmenée ailleurs, dans un autre baraquement ?

Jeanne : Tais-toi !

Louise : Tu t'inquiètes vraiment pour elle ? Tu penses que sans toi, elle ne pourra pas se débrouiller toute seule ? Je ne me trompe pas, n'est-ce pas, Jeanne ?

Jeanne : Ils ne l'ont pas tuée !

Louise : Ah oui ? Et qu'est-ce qu'elle aurait bien pu dire ou faire pour les en empêcher ?

Jeanne ne répond pas.

Louise : Regarde-moi, Jeanne ! Cela ne sert à rien de nier l'évidence. A l'heure qu'il est, Rachel est morte.

Jeanne : Non… non… Je sais bien ce que tu penses, je sais ce que vous pensez toutes. Vous pensez que ça va les calmer ? C'est ça, hein ? Vous pensez que tuer une musicienne va leur ôter l'envie de tuer tout l'orchestre ? Mais c'est faux ! Vous pouvez me croire, si l'envie leur prend de toutes nous tuer, ce n'est pas la mort de Rachel qui les fera hésiter…

Louise : Non, tu as raison… Il faut regarder la vérité en face. Rachel ne s'est pas sacrifiée pour nous. Même si c'est ce que, toi, tu voudrais croire. Je comprends que cette idée puisse te rassurer mais ce n'est pas le cas.

Jeanne : Rachel n'est pas…

Louise : Morte ? Si ! Et tu le sais. Nous le savons toutes…

Jeanne : On n'en sait rien !

Louise : Je sais la douleur de perdre quelqu'un ! Je connais les ravages que peut faire la perte d'un être cher… Et ici, nous le savons toutes mieux que quiconque. Elle est morte, Jeanne. Regarde la vérité en face, Rachel est morte.

Jeanne : Rachel est morte... Oh mon dieu, que va-t-on devenir ?

Louise : Nous on va continuer à vivre.

Angèle : Pourquoi ?

Louise : Ah non, pas toi Angèle !

Mathilde : Parce que nous le voulons bien... Et c'est ça qui fait toute la différence avec Rachel.

Jeanne : Rachel aussi voulait vivre. Mais pas comme ça... Pas dans ces conditions... Elle était si belle... Elle était si douce...

Louise : Oui, Jeanne, c'était un ange...

Jeanne : Parfois la nuit, je vous regarde dormir... Toutes... Je ne sais pas pourquoi... j'ai l'impression que je vous dois ça... Surveiller votre sommeil... Être la gardienne de ce petit espace de liberté qu'il vous reste... Rachel dormait comme un bébé... Un ange, oui, tu as raison... Un ange qui est retourné au ciel avec les siens...

Angèle : Alors, elle est heureuse.

Louise : Oui, elle est heureuse. Et nous devons l'être pour elle... Rappelez-vous ce qu'elle nous a dit quand ils l'ont emmenée. Elle ne voulait pas nous voir affligées de son départ. Au contraire, c'est une force supplémentaire qu'elle nous offre. Chacune, dorénavant, nous avons un peu de sa force en nous, pour toujours...

Jeanne : Oui, tu as raison. Elle est là, en moi. Je la sens.

Louise : Alors, ne la déçois pas ! Ne t'apitoie pas sur elle, ne t'apitoie pas sur toi ! Au contraire. Maintenant, nous devons tenir, nous devons vivre pour elle parce qu'elle vit à travers nous. Et je suis sûr qu'elle préfère vivre à travers quelqu'un d'heureux...

Jeanne : Pardon…

Mathilde : C'est moi qui te demande pardon, Jeanne.

Jeanne : (*Explosant*) Je vais la tuer.

Louise : Jeanne !

Jeanne : Cette salope de Walkyrie, je vais la tuer. Tout ça c'est de sa faute. Dès qu'elle passe la porte je vous jure que je la bute.

Angèle : Je te retrouve bien là Jeanne !

Louise : Oui. Mais ce n'est peut-être pas la meilleure solution.

Jeanne : C'est peut être pas la meilleure solution, mais putain, qu'est-ce que ça va me faire du bien !

Louise : Jeanne !

Mathilde : Elle a pleuré quand ils l'ont emmenée.

Jeanne : Qu'est-ce que tu racontes ? Rachel n'a pas pleuré.

Mathilde : Je ne vous parle pas de Rachel.

Jeanne : Alors qui ? Qui a pleuré ?

Mathilde : Au début je n'y ai pas cru. Vous savez, quand Rachel a ôté son manteau la première fois et qu'on a vu l'étoile jaune qu'elle exhibait avec fierté au nez de ces salauds ? J'ai croisé son regard et j'ai cru y voir de la peur. Alors je me suis dis que je me trompais.

Louise : Mais de qui parles-tu ?

Mathilde : Et puis, vous avez vu avec quelle rage elle s'est jetée sur Rachel pour la lui arracher son étoile ?

Louise : La Walkyrie ? Tu parles de la Walkyrie ?

Jeanne : On dirait qu'il n'y a pas que moi que la douleur égare…

Angèle : Elle savait bien qu'il ne fallait pas les provoquer comme ça. Mais pourquoi elle a fait ça, hein ? Quand on pense que partout ailleurs ils les obligent à la porter leur étoile et que là justement elle avait reçu l'ordre de ne pas le faire quand on jouait pour eux…

Jeanne : Va comprendre ce qui s'est passé dans sa tête…

Angèle : Mais c'est du suicide ! C'est tout bonnement du suicide…

Jeanne : Oui, c'est un point de vue.

Louise : Elle a choisi sa mort. Et pouvoir faire un choix est le privilège des hommes libres, non ? Elle est morte, libre.

Mathilde : Et puis, quand Rachel a sorti son brassard avec une autre étoile et que les boches l'ont emmenée, je l'ai regardée à nouveau et j'ai vu… de la terreur, de la panique… Ce n'était plus la Walkyrie que j'avais en face de moi. Comme si, je ne sais pas, comme si elle avait enlevé son masque et que je voyais son vrai visage pour la première fois…

Jeanne : Tu divagues complètement. Tu ferais mieux de t'allonger et te reposer. Tu en as vraiment besoin. T'as vu avec quel cynisme elle nous a ordonné de poursuivre le concert comme si de rien était ? C'est une salope qui ne mérite qu'une chose. Qu'on la bute ! Et crois-moi, je le ferais avec plaisir !

Angèle : C'est vrai, Mathilde, maintenant que j'y repense, elle avait les yeux tout rouge après le concert, comme si elle avait pleuré.

Louise : C'est la musique ! Savoir notre amie condamnée nous a transcendées. Jamais on n'avait joué comme ça ! N'importe qui aurait été touché ! Et si ce que vous dites est vrai, si elle a vraiment pleuré et bien c'est rassurant. Ça prouve qu'elle a encore un brin d'humanité qui survit quelque part au fond de son âme.

Jeanne : Un brin d'humanité mon cul, ouais !

Louise : Jeanne !

Jeanne : Quoi, Jeanne ? J'ai quand même le droit de parler comme je veux !

Louise : Non, tu n'as pas le droit !

Jeanne : Ah non ? Et pourquoi ça ?

Louise : Parce que c'est ce qu'ils veulent ! Qu'on oublie peu à peu nos repères, notre éducation. Qu'on devienne peu à peu des animaux.

Jeanne : Oui, mais moi ça me fait du bien de pouvoir parler comme je veux. Je me sens en vie, tu comprends ? Et puis qu'est-ce que je risque ? Ils vont quand même pas venir me chercher parce que je ne parle pas de manière châtiée ? Si je dis merde, là maintenant, que tout ça me fait chier, que j'en ai ras le cul de tout ce bordel, la porte va pas s'ouvrir d'un coup sur une horde de gardes en furie venue me fusiller !

La porte s'ouvre d'un coup. La Walkyrie entre, un revolver à la main. Elle est habillée en pantalon et semble avoir couru. Les femmes la regardent terrifiées.

La Walkyrie : Vite, prenez vos affaires. Le plus que vous pourrez. Surtout des vêtements chauds.

Les femmes ne bougent pas, pétrifiées.

La walkyrie : Allons, dépêchez-vous ! Faites ce que je vous dis.

Mathilde : Qu'est-ce que c'est que ce cirque ?

La Walkyrie : Est-ce que j'ai l'air de plaisanter ? Je vous dis de vous couvrir au mieux que vous puissiez et de me suivre.

Mathilde : Pour aller où ?

Jeanne : Rejoindre Rachel ? À l'abattoir ?

La Walkyrie : Écoutez-moi, on n'a pas beaucoup de temps devant nous. Faites-moi confiance. Prenez vos affaires et suivez-moi.

Jeanne : Vous faire confiance ? On refuse de vous suivre.

La Walkyrie : Ne faites pas l'idiote. Suivez-moi ! *(Elle pointe son revolver sur Jeanne)*. Ne m'obligez pas à employer ce…

Jeanne : Allez-y, tirez !

Mathilde : Ici ou ailleurs…

Angèle : Maintenant ou dans une heure…

Jeanne : Le résultat sera le même. Alors tirez !

La walkyrie : Mais vous ne comprenez donc pas que je suis venue vous sauver !

Mathilde : Nous sauver ?

Jeanne : Comme vous avez sauvé Rachel ?

La Walkyrie : Je vous assure que je ne voulais pas ce qui est arrivé. Mais je ne pouvais rien faire pour l'empêcher. Il fallait que le concert ait lieu. Vous ne comprenez donc pas ?

Mathilde : Non, on ne comprend rien à ce que vous dites.

Jeanne : Moi, je comprends. Je comprends que vous êtes une lâche. Que vous n'avez même pas le courage de nous le dire en face. Maintenant que Rachel est morte, vous avez décidé de mettre un terme définitif à cet orchestre. On va toutes mourir, n'est-ce pas ? On va se faire fusiller ? C'est ça ? Pourquoi tu ne le dis pas, hein ? Espèce de salope ! *(La Walkyrie la gifle. Un temps)*

La Walkyrie : *(Tout en parlant pendant les prochaines répliques elle s'approchera de la fenêtre et scrutera anxieusement le ciel)* Bien, écoutez-moi ! Si je vous explique rapidement de quoi il s'agit, est-ce que vous me promettez de me suivre après sans discuter ? Nous n'avons que très peu de temps.

Louise : Allez-y, nous vous écoutons.

La Walkyrie : Bien que je sois allemande et l'épouse du colonel Von Krieger, je fais aussi partie d'un réseau de résistance.

Jeanne : Et puis quoi encore ? Tu vas nous dire que c'est Hitler qui dirige le réseau ?

La walkyrie : Je sais, je sais, ça peut paraître invraisemblable mais c'est la vérité.

Mathilde : Elle se fout de nous...

Louise : Laisse-la finir, on verra après...

La walkyrie : Grâce à ma position je suis au courant de nombreuses informations, mais il m'était difficile de les transmettre sans risquer de me faire rapidement repérer... C'est pourquoi j'ai eu cette idée d'orchestre. Les morceaux que je vous faisais jouer et l'ordre dans lequel vous deviez les interpréter étaient autant de messages codés à l'intention de la résistance.

Jeanne : *(Chante)* Radio-Paris ment, Radio-Paris ment. Radio-Paris est allemand !

Louise : Jeanne ça suffit ! Pour une fois met ton orgueil dans ta poche. Bon Dieu, si jamais on a une chance de partir d'ici, tu entends une seule chance, je ne veux pas la manquer, et je ne te pardonnerais jamais si tu m'empêches de la saisir... Tu comprends ? Je ne la manquerais pas ! *(À la Walkyrie)* Continuez !

La Walkyrie : Je suis de votre côté, croyez moi !

Angèle : Moi je suis comme Saint-Thomas, je ne crois que ce que je vois.

Mathilde : C'est vrai, on ne demande pas mieux que de vous croire. Votre histoire est très jolie mais qu'est-ce qui nous dit que c'est vrai ?

Jeanne : Ah, quand même !

La Walkyrie : Une preuve ? Vous voulez une preuve ? Mais on n'a pas le temps. Ce soir, vous avez annoncé que l'état-major allemand au grand complet était présent ici. Et une attaque de grande envergure est programmée, avec le soutien de l'aviation alliée. Ça va bientôt mitrailler dans tous les sens. Il faut partir.

Mathilde : Une preuve et on vous croit.

La walkyrie : Mais je sais pas, moi. *(Un temps)* La nourriture ! Oui c'est ça, la nourriture ! Vous trouviez parfois de la nourriture cachée dans l'armoire, n'est-ce pas ? C'était moi ! Dès que je pouvais améliorer votre ordinaire je vous apportais quelque chose que je mettais dans l'armoire.

Angèle : Là, évidemment…

Mathilde : Pour une preuve…

Louise : On vous croit ! Allez les filles, on s'active ! Faut dégager d'ici au plus vite…

Jeanne : Et qui nous dits que c'est pas Lucien qui aurait lâché le morceau ?

La Walkyrie : Lucien ? Qui est Lucien ?

Un temps.

Jeanne : Il est parti, et on a plus eu de nouvelle. *(À Louise)* Tu disais qu'il allait revenir pour nous aider. Et on n'a vu personne. Alors, si par hasard il avait été repris, qui nous dit qu'il n'aurait pas balancé tout ce qu'il savait sur nous, pour sauver sa peau ?

Louise : Lucien ?

Angèle : Lucien ? Un si bel homme, si gentil ! Et puis il est Français, il n'aurait pas fait ça !

Jeanne : Et si c'était un salaud, hein ? La saloperie, elle, elle n'a pas de frontière, pas de nationalité.

La Walkyrie : Écoutez, je ne sais pas qui est Lucien. Je vous le jure ! Je ne sais pas de quoi vous parlez. Tout ce que je peux vous dire c'est que chaque seconde passée à discuter au lieu d'agir est une seconde perdue.

Jeanne : Et Rachel ?

Les femmes cessent leurs préparatifs de départ pour écouter la réponse.

Jeanne : Si vous saviez que c'était l'heure de la délivrance pour nous, pourquoi n'êtes-vous pas intervenue pour la sauver ?

La Walkyrie : Rachel ? Je vous jure que j'aurais préféré que cela se passe autrement. *(Un temps)* Oui, j'ai failli tout stopper pour essayer de la sauver. Mais l'aurais-je pu ? Et puis je me suis dit qu'une telle réunion de hauts gradés allemands était rare et que ça aurait pris peut-être des mois avant qu'une nouvelle occasion se présente. Qu'est-ce que je pouvais dire ou faire ? Il fallait d'abord sauver la représentation. Je n'avais pas le choix… Si vous saviez comme j'ai souffert de la voir emmenée. Je… Je suis sincèrement désolée… Je…

Louise : *(À Jeanne)* Moi je la crois, Jeanne. Et je vais partir avec elle. Nous allons toutes partir avec elle. N'est-ce pas ? On ne peut pas revenir sur ce qui est fait. On ne peut pas la sauver. Mais nous on peut s'en sortir, On va s'en sortir. Allez viens… *(Elles s'enlacent).*
On entend une sirène stridente annonçant une attaque aérienne.

La Walkyrie : Vous entendez ? Vite, prenez vos affaires. Éteignez les lumières. Il faut y aller, maintenant

L'attaque débute. On entend des avions, des bombardements, des tirs de mitrailleuses. Dans les flashs dus aux explosions on distingue les femmes s'affairer aux préparatifs de leur départ. Elles sortent alors que quelques balles cinglent dans la pièce.

Louise : *(Au moment de sortir, se retourne soudainement)* Mon violon.

Jeanne : Non Louise !

Louise traverse la pièce se saisit de son violon qui reçoit à cet instant un impact de balle. Louise semble hébétée par ce qui vient de se produire, elle garde le manche de son violon à la main et se retourne lentement vers Jeanne qui lui fait des gestes l'invitant à la rejoindre. Soudain une balle atteint Louise, qui s'effondre.

Jeanne : Louise ! *(Elle se précipite vers Louise, s'agenouille à ses côtés et lui saisit tendrement la tête. On n'entend plus aucun bruit. Un faible rai de lumière éclaire les deux personnages)* Louise, non !

Louise : Jeanne ! J'aimerais tellement rentrer. Même infirme, même malade pour le reste de mes jours, j'aimerais rentrer. Que de joies j'aurais encore : Les livres, la nourriture, la musique bien sûr… Que c'était bon. Mais je crois que je ne rentrerais pas…

Jeanne : *(hurlant, désespérée)* Non !

NOIR

Épilogue

Lumière. Le rideau est tombé. Les cinq comédiennes et le comédien sont sur le proscenium. Ils sont alignés en faisant face au public. Chacun leur tour, ils vont s'exprimer. Une lumière, idéalement une poursuite serrée sur leur visage, leur donnera le signal. L'ordre de passage est laissé à la guise du metteur en scène.

Rachel : Rachel Steiner a disparu le 27 janvier 1945 à l'âge de 31 ans. Les derniers mots qu'elle prononça à l'attention de ses camarades tandis qu'un groupe de soldats allemands l'emmenait furent : « Ne pleurez pas, je vais retrouver ceux que j'aime ». Son fiancé, survivant d'un camp de la mort, essaya de nombreuses années de découvrir ce qu'elle était devenue. Sans résultat.

Louise : Louise Meunier est décédée le 27 janvier 1945 lors de la libération du Kommando où elle était prisonnière. Sur la plaque commémorative de la place qui porte dorénavant son nom dans le petit village de Saint-Minestriel où elle est née, on peut lire cet épitaphe : « Louise Meunier est morte comme elle a vécu ; avec la force de ceux qui défendent un idéal. »

Mathilde : Mathilde Grandidier est aujourd'hui une femme au passé bien rempli. Elle vit heureuse entourée de ses neuf petits-enfants quelque part dans le sud de la France. Elle restera à jamais l'auteur et l'interprète d'une quinzaine de morceaux qui ont fait les beaux jours de nombreux lieux festifs de l'après-guerre.

Angèle : Angèle McNee a épousé dès la fin de la guerre le père d'un soldat américain rencontré en France et qu'elle a suivi aux États-Unis. Elle n'eut aucun mal à y continuer sa carrière et mourut en 1967.

Jeanne : Jeanne Delavigne avait 29 ans quand elle fut libérée. À son retour en France et malgré de nombreuses sollicitations nationales et internationales, elle resta fidèle à une promesse qu'elle s'était faite après la mort de son amie, la concertiste Louise Meunier. Ainsi, jusqu'à son décès en 1996 jamais elle ne retoucha un instrument de musique.

Lucien : Lucien Villeneuve retrouva la France en novembre 1945 après avoir participé, en tant qu'engagé volontaire, à la libération de plusieurs camps de concentration. Il est l'auteur reconnu de près d'une dizaine d'ouvrages de référence sur les prisonniers de guerre et recueillit les témoignages des survivants de la déportation. Il passa le reste de sa vie à militer dans différentes associations et anima de nombreux débats et colloques à travers le monde pour que jamais la mémoire ne s'efface.

La Walkyrie : Anna Von Krieger, surnommée par les prisonnières du baraquement 27 la Walkyrie, mourut en avril 1945. Après son action décisive pour libérer les Kommando de Rajsko. Elle reçut l'ordre de se retirer des unités combattantes, mais elle refusa estimant qu'elle pouvait encore apporter son aide. Elle fut abattue par erreur lors de la libération du camp de Ravensbrück où elle avait suivi son époux tandis qu'elle essayait de soustraire un groupe de rescapées à la fureur de celui-ci. C'est le travail conjoint de Jeanne Delavigne et Lucien Villeneuve qui la réhabilita. Elle est maintenant considérée comme une figure emblématique de la résistance allemande au nazisme.

NOIR